Vente des Lundi 28 et Mardi :

HOTEL DROUOT, SALLE N° 3,

COLLECTION

DE FEU

M. MARQUISET

EXPOSITION PUBLIQUE

LE DIMANCHE 27 AVRIL 1890

De une heure à cinq heures et demie.

IMPRIMERIE D. DUMOULIN ET Cⁱᵉ

Rue des Grands-Augustins, 5, à Paris.

CATALOGUE

DE

TABLEAUX ANCIENS

PARMI LESQUELS

DOUZE PAYSAGES OU MARINES DE VAN GOYEN

BEAU PORTRAIT D'HOMME PAR LARGILLIÈRE

ET ŒUVRES DE

Beyeren, Croos, Molyn, Oudry, Tiepolo, Vallayer - Coster, Waterloo
Th. Wyck, Etc., Etc,

TABLEAUX MODERNES

PAR

DIAZ, GRANET, MICHEL, VINCELET, ETC.

DESSINS ET AQUARELLES

ANCIENS ET MODERNES

PAR

Bonington, Boucher, Fragonard, Français, Van Goyen, Gravelot
Greuze, Guardi, Ch. Jacque, Jordaens, Lantara, Michel
L. Moreau, Moucheron, Mouilleron, Ostade, Prud'hon, Robert Hubert
Trinquesse, Watteau, etc.

GRAVURES — TAPISSERIE

FORMANT LA COLLECTION DE FEU M. MARQUISET

DONT LA VENTE AURA LIEU

HOTEL DROUOT, SALLE N° 3

Les Lundi 28 et Mardi 29 Avril 1890, à 2 heures

COMMISSAIRE-PRISEUR	EXPERT
Mᵉ MAURICE DELESTRE	M. EUG. FÉRAL, peintre
27, rue Drouot.	faubourg Montmartre, 54.

Chez lesquels se trouve le présent Catalogue.

EXPOSITION PUBLIQUE : le Dimanche 27 Avril 1890.
De une heure à cinq heures et demie.

CONDITIONS DE LA VENTE

La vente sera faite au comptant.

Les acquéreurs payeront cinq pour cent en sus des

enchères applicables aux frais.

DÉSIGNATION

TABLEAUX ANCIENS

BEYEREN (Abraham van)

1 — *La Cuisine.*

Des poissons dans une corbeille, des radis, une cruche de grès et autres objets posés sur une table.

Bon tableau.

Bois. Haut., 54 cent.; larg., 75 cent.

BOILLY (Louis)

2 — *Portrait de femme.*

En buste, les cheveux noirs frisés, robe blanche.

Toile. Haut., 21 cent.; larg., 15 cent.

CROOS

3 — *Paysage.*

Au centre, un chemin et des villageois.
Au second plan, quelques maisons et le clocher
d'une église.

Bois. Haut., 5o cent.; larg., 8o cent.

DURAMEAU

4 — *Joseph expliquant les songes.*

Esquisse.

Toile. Haut.. 35 cent.; larg., 27 cent.

FRAGONARD (H.)

5 — *Voituriers attaqués par des brigands.*

Esquisse.

Toile. Haut., 36 cent.; larg., 44 cent.

FRAGONARD (genre de H.)

6 — *Paysage*.

Effet d'orage.

Bois. Haut., 28 cent.; larg., 44 cent.

GÉRICAULT (attribué à)

7 — *Chevaux à l'écurie*.

Toile. Haut., 37 cent.; larg., 44 cent.

GOYEN (Jan van)

8 — *Vue de Hollande*.

Au premier plan, des animaux sur un terrain qui s'avance dans une rivière au bord de laquelle deux pêcheurs, dans leurs bateaux, viennent de jeter leurs filets. A droite, sur la rive opposée, une colline verdoyante; au sommet, un moulin et le clocher d'une église. Au second plan, un château fort et un bateau à voiles chargé de villageois filant vers la gauche.

Important tableau du maître.

Bois. Haut., 64 cent.; larg., 95 cent.

GOYEN (J. VAN)

9 — *Une ville de Hollande.*

Située au bord d'une rivière et défendue par des remparts; une large tour crénelée s'élève au centre, se détachant sur le ciel. A gauche, un bac chargé de villageois avec leurs bestiaux.

Bois. Haut., 35 cent.; larg., 5o cent.

GOYEN (J. VAN)

10 — *La plage de Scheveningen.*

Des pêcheurs, des cavaliers et des marchands sont groupés sur la gauche discutant le prix du poisson. Vers le fond, une église. La plage descend vers la droite animée par de nombreux personnages.

Bon tableau, signé en toutes lettres et daté 1642.

Bois. Haut., 43 cent.; larg., 65 cent.

GOYEN (J. VAN)

11 — *Les Chaumières.*

Elles se trouvent sur la droite et sont séparées par des massifs de verdure. Trois villageois causent sur un talus sablonneux. Plus loin, des hommes chargent des paniers sur une charrette.

Bon tableau, d'une coloration blonde et d'une exécution spirituelle et facile.

Signé du monogramme et daté 1631.

Bois. Haut., 37 cent.; larg., 54 cent.

GOYEN (J. VAN)

12 — *Le Pont de bois.*

Il réunit deux monticules entre lesquels passe
un cours d'eau.
Deux paysans pêchent à la ligne.

Bois. Haut., 21 cent.; larg., 28 cent.

GOYEN (J. VAN)

13 — *Mer houleuse, avec bateaux à voiles.*

Bois. Haut., 30 cent.; larg., 42 cent.

GOYEN (J. VAN)

14 — *Vue de Hollande.*

Pays plat contourné par une rivière qui se perd
à l'horizon.

Bois. Haut , 21 cent.; larg., 29 cent.

GOYEN (J. van)

15 — *Paysage avec arbres et chaumières.*

Au premier plan, un paysan conduit des animaux.

Bois. Haut., 23 cent.; larg., 31 cent

GOYEN (J. van)

16 — *Pêcheurs au bord d'une rivière.*

L'un d'eux se dispose à prendre des poissons dans un vivier.

Signé et daté 1657.

Bois. Haut., 15 cent.; larg., 20 cent.

GOYEN (J. van)

17 — *Vue de Hollande.*

Des dunes et une église au centre d'un village situé au bord de la mer.

Bois. Haut., 14 cent.; larg., 18 cent.

GOYEN (J. VAN)

18 — *Arbres et maisons au bord d'une rivière.*

Bois. Haut., 23 cent.; larg., 35 cent.

GOYEN (attribué à J. VAN)

19 — *Paysage.*

Sur le devant un cours d'eau, des canards, des cygnes, une pie perchée sur un pieu; plus loin, trois villageois sur un monticule. Au centre, une chaumière.

Bon et très curieux tableau.

Signé J.-V. Ostade.

Bois. Haut., 45 cent.; larg., 62 cent.

GOYEN (attribué à J. VAN)

20 — *Bords de rivière, en Hollande.*

A gauche, un massif de verdure cachant en partie une église de village. A droite, une rivière et des bateaux à voiles.

Bois. Haut., 51 cent.; larg , 83 cent.

GREUZE (J. B.)

21 — *La jeune Ménagère.*

Fragment d'un tableau du maître.
Esquisse.

Toile. Haut., 5ɔ cent.; larg., 26 cent.

LARGILLIÈRE (NICOLAS DE)

22 — *Portrait d'un Gentilhomme.*

Représenté debout dans un parc, vu jusqu'aux genoux, la tête de trois quarts tournée vers la gauche.

Il porte une abondante perruque poudrée, gilet de brocart, habit de velours feuille morte avec manteau grenat. Regardant le spectateur, il fait de la main un signe vers la gauche.

Très beau portrait.

Signé en toutes lettres et daté 1710.

Toile. Haut., 1 m. 3ɔ cent.; larg., 1 m. o5 cent.

LARGILLIÈRE (N. D.)

23 — *Portrait d'un Seigneur.*

Vu à mi-corps, de face, le tricorne sous le bras, perruque poudrée, jabot de dentelles, habit de velours gris à grands revers de brocart aux manches.

Fond de paysage.

Toile. Haut., 90 cent.; larg., 70 cent.

LE BRUN (CHARLES)

24 — *Le Christ succombant sous le poids de la croix et sainte Véronique.*

Toile ovale.

Haut., 40 cent.; larg., 60 cent.

LEFEVRE (CLAUDE)

25 — *Portrait d'un Magistrat.*

Toile. Haut., 63 cent.; larg., 48 cent.

MOLYN (Pierre)

26 — *Paysage montueux et accidenté.*

A gauche, un barrage en planches, au pied d'un arbre aux branches brisées. Une femme cause avec un villagois, un cavalier suit un chemin sinueux qui descend vers la droite.
Bon tableau, signé et daté 1632.

Bois. Haut., 35 cent.; larg., 55 cent.

MOLYN (Pierre)

27 — *Arbres et chaumières au bord d'un cours d'eau.*

Sur le devant, un chemin, des villageois et un cavalier. Dans un bateau, un pêcheur à la ligne.

Bois. Haut., 42 cent.; larg., 65 cent.

MOLYN (Pierre)

28 — *Paysage accidenté.*

Au centre, un massif de verdure. Deux paysans causent, appuyés contre un barrage, éclairés par un vif rayon de soleil.
Signé et daté 1653.

Bois. Haut., 40 cent.; larg., 55 cent.

MOLYN (PIERRE)

29 — *Chaumières et Villageois au bord d'un chemin.*

Bois. Haut., 43 cent.; larg.. 39 cent.

NATTIER (attribué à)

30 — *Portrait d'un jeune Prince.*

Vu jusqu'à la ceinture, portant une cuirasse avec le cordon du Saint-Esprit et l'ordre de la Toison-d'Or.

Toile. Haut., 72 cent.; larg., 57 cent.

OUDRY (J.-B.)

31 — *Le Garde-manger.*

Des entre-côtes accrochés à un mur, un poulet dans un plat, deux bouteilles et différents légumes.

Signé.

Toile. Haut., 77 cent.; larg., 61 cent.

ROBERT (attribué à HUBERT)

32 — *Intérieur de parc.*

Coupé par un cours d'eau traversé par un pont.
Fontaine et pavillon en ruine.

Toile. Haut., 58 cent.; larg.. 72 cent.

TIEPOLO (DOMINIQUE)

33 — *Sujet religieux et allégorique.*

Esquisse pour un plafond de forme ovale.

Toile. Haut., 55 cent.; larg.. 70 cent.

TIEPOLO (DOMINIQUE)

34 — *La Circoncision.*

Esquisse.

Toile. Haut., 37 cent.; larg., 48 cent.

TOGQUÉ (LOUIS)

(DEUX PENDANTS)

35 — *Portraits de deux jeunes femmes.*

Esquisses.

Toiles. Haut.. 21 cent.: larg., 16 cent.

TRÉMOLLIÈRE

(DEUX PENDANTS)

36 — *Jeux d'Amours.*

Bois. Haut., 11 cent.; larg.. 19 cent.

VALLAYER COSTER (Mme)

37 — *Jeune paysanne.*

En buste, tenant des fleurs.
Belle esquisse.

Toile. Haut., 53 cent.; larg., 43 cent.

VALLAYER COSTER (Mme)

38 — *Jacinthe blanche double, dans un pot de terre.*

Toile. Haut., 45 cent.; larg., 3o cent.

WATERLOO (Antonio)

39 — *L'Abreuvoir.*

Un troupeau de vaches se désaltèrent dans un cours d'eau qui se trouve à l'entrée d'une forêt de vieux chênes.

Toile. Haut., 70 cent.; larg., 100 cent.

WYCK (Thomas)

40 — *Port de mer.*

Un voyageur assis cause avec une jeune fille. Des hommes du port transportent des ballots et chargent des chevaux.

Bois. Haut., 50 cent.; larg., 40 cent.

ZYCK

(DEUX PENDANTS)

41 — *Sortilèges et fantasmagories.*

Toiles. Haut., 34 cent.; larg., 44 cent.

ÉCOLE ESPAGNOLE

42 — *Portrait de jeune homme.*

Vu en buste, vêtement noir et collerette bordée de guipure.

Toile. Haut., 60 cent.; larg., 5o cent.

ÉCOLE FRANÇAISE

43 — *Portrait d'un seigneur drapé dans un manteau de velours rouge.*

Toile. Haut., 8o cent.; larg., 65 cent.

ÉCOLE FRANÇAISE

44 — *Portrait de jeune femme vêtue d'une robe de velours rouge décolletée.*

Toile ovale. Haut., 75 cent.; larg., 6o cent.

ÉCOLE FRANÇAISE

45 — *Pygmalion et Galatée.*

Esquisse.

Toile. Haut., 65 cent.; larg., 98 cent.

ÉCOLE FRANÇAISE

46 — *Jeune femme agenouillée et vue de dos.*

Étude.

Toile. Haut., 72 cent.; larg., 58 cent.

ÉCOLE FRANÇAISE

47 — *Portrait d'enfant.*

Peinture de forme ronde.

Diamètre : 33 cent.

ÉCOLE HOLLANDAISE

48 — *Paysage.*

Au centre, de grands arbres et plusieurs constructions.

Sur le devant, l'Ange et Tobie.

Bois. Haut., 45 cent.; larg., 42 cent.

ÉCOLE HOLLANDAISE

49 — *Paysage avec village et église au bord d'une rivière.*

Bois. Haut., 46 cent.; larg., 62 cent.

ÉCOLE ITALIENNE

50 — *Nymphe endormie.*

> Toile. Haut., 80 cent.; larg., 1 m. 03 cent.

ÉCOLE ITALIENNE

51 — *Enfant endormi.*

Composition allégorique.

> Toile. Haut., 53 cent.; larg., 70 cent.

ÉCOLE ITALIENNE

52 — *Vieille femme, en buste.*

> Toile. Haut., 44 cent.; larg., 35 cent.

53 — *Sous ce numéro qui sera divisé*, trois tableaux :

Paysage, — genre de Ruysdaël.
Femmes et Enfants, — de Bassan.
Un philosophe, — École française.

TABLEAUX MODERNES

BARON (HENRI)

54 — *Les Baigneuses.*

Bois. Haut., 17 cent.; larg., 12 cent.

BIARD

55 — *Tête de vieillard fumant sa pipe.*

Étude.

Toile. Haut., 36 cent.; larg., 28 cent.

BONINGTON (Genre de)

56 — *Famille en promenade.*

Esquisse.

Toile. Haut., 21 cent., larg., 15 cent.

BONINGTON (Genre de)

57 — *Dames en promenade.*

Esquisse.

Toile. Haut., 36 cent.; larg., 25 cent.

BRUN

58 — *L'Apocalypse.*

Signé du monogramme. Toile cintrée du haut.
Haut., 98 cent.; larg., 60 cent.

CHARLET

59 — *Défilé d'un cortège avec chars et nombreux cavaliers.*

Esquisse.

Toile. Haut., 33 cent.; larg., 54 cent.

DIAZ (N.)

60 — *Sous bois.*

Étude signée en toutes lettres.
Bois. Haut., 21 cent.; larg., 15 cent.

ELMERICH

61 — *Saules au bord d'une rivière.*

Étude.

Bois. Haut., 32 cent.; larg., 24 cent.

GRANET

62 — *Moine vu de dos et peignant un tableau religieux.*

Signé et daté 1845.

Toile. Haut., 30 cent.; larg., 21 cent.

GRENIER

63 — *Paysage et villageois arrêtés auprès d'une croix de pierre.*

Toile. Haut., 23 cent.; larg., 28 cent.

GRENIER

64 — *Paysage avec personnages au bord d'une rivière.*

Effet de soleil couchant.

Toile. Haut., 27 cent.; larg., 21 cent.

MICHEL (GEORGES)

65 — *Paysage des environs de Paris.*

La vue est prise du sommet d'une colline : à
gauche, un barrage en planches et quelques
arbres dont le feuillage sombre se détache sur
un ciel brillant. A droite, pays plat coupé par
des haies et un village.
Vigoureuse et belle peinture.

Toile. Haut., 5o; larg., 68 cent.

MICHÈL (Genre de G.)

66 — *Paysage avec animaux près d'une ferme.*

Esquisse.

Toile. Haut., 26 cent.; larg., 34 cent.

RAFFET

67 — *Étude de cuirasses.*

Toile. Haut., 25 cent.; larg., 28 cent.

ROBERT FLEURY

68 — *La Vierge tenant sur ses genoux le Christ mort.*

Esquisse.

Toile. Haut., 21 cent.; larg., 31 cent.

VINCELET

69 — *Giroflées jaunes dans une jardinière en faïence.*

Bois. Haut., 30 cent.; larg., 45 cent.

ÉCOLE MODERNE

70 — *Paysage avec figures et animaux.*

Effet de soleil couchant.

Toile. Haut., 30 cent.; larg., 70 cent.

ÉCOLE MODERNE

70 *bis* — *Portrait de femme.*

Esquisse.

Toile. Haut., 21 cent., larg., 15 cent.

ÉCOLE MODERNE

71 — *Arbres et rochers, dans la forêt de Fontainebleau.*

Esquisse.

Toile. Haut., 24 cent.; larg., 31 cent.

ÉCOLE MODERNE

72 — *Sangliers dans la neige.*

Étude.

Toile. Haut., 20 cent.; larg., 25 cent.

DESSINS ET AQUARELLES

ENCADRÉS ET SOUS VERRE

BEAUREPAIRE (DE)

73 — *Fête de nuit, sur un lac.*

Fusain rehaussé.

Haut., 29 cent.; larg., 45 cent.

BONINGTON (R.-P.)

74 — *Maison de la Renaissance, près la porte de Rivotte, à Besançon.*

Ce dessin a été lithographié par Bonington, pour le *Voyage pittoresque en Franche-Comté*. Mine de plomb.

Haut., 34 cent.; larg., 22 cent.

BOTH (JEAN.)

75 — *Paysage rocheux et boisé.*

Crayon noir.

Haut., 20 cent.; larg., 30 cent.

BOUCHER (F.)

76 — *Sujet pour les* Métamorphoses *d'Ovide.*
Sépia.

Haut., 43 cent.; larg., 27 cent.

BOUCHER (F.)

77 — *Deux têtes de jeunes femmes, vieillard et enfant.*
Sanguine.

Haut., 22 cent.; larg., 31 cent.

BOUCHER (attribué à F.)

78 — *Naïade vue de dos.*

Beau dessin, au crayon et sanguine, rehaussé de blanc.

Haut., 26 cent.; larg., 43 cent.

BOUCHER (attribué à F.)

79 — *Bergère assise.*

Dessin à la sanguine, sur papier bleu, rehaussé de blanc.

Haut., 25 cent.; larg., 32 cent.

CHARLET

80 — *L'Empereur à Longwood, traçant lui-même un sillon.*

Mine de plomb.

Haut., 12 cent.; larg., 17 cent.

COURTOIS (JACQUES), dit le Bourguignon.

(DEUX PENDANTS)

81 — *Batailles.*

Sépia.

Haut., 20 cent.; larg., 28 cent.

DAUBIGNY

82 — *Village au bord d'une rivière.*

Sanguine.

Haut., 27 cent.; larg., 12 cent

DECAMPS

83 — *Cheval au repos.*

Crayon noir.

Haut., 23 cent., larg., 30 cent.

DESFRICHES

84 — *L'Écluse.*

Dessin à la pierre d'Italie.

Haut., 16 cent., larg., 20 cent.

DUPLESSI-BERTAUX

85 — *Batailles et armées en marche.*

Quatre dessins, dans deux cadres. Plume et sépia.

Haut., 12 cent.; larg., 19 cent.

FRAGONARD (Honoré.)

86 — *Intérieur de parc.*

Au centre, un groupe de figures, femmes et enfants ; à droite, de grands escaliers, des terrasses ; vers le fond, un palais à colonnes.
Très beau dessin, à la sépia.

Haut., 33 cent.; larg., 47 cent

FRAGONARD (H.)

87 — *Jeune Femme assise et appuyée sur une borne.*

Charmant dessin, à la sépia.

Haut., 23 cent.; larg.. 17 cent.

FRAGONARD (H.)

88 — *Parc avec charmilles et personnages.*

Sépia.

Haut., 22 cent.; larg., 17 cent.

FRAGONARD (H.)

89 — *Parc avec statues, terrasses et ruines au premier plan.*

> A la pierre d'Italie.

> Haut., 25 cent.; larg., 37 cent.

FRAGONARD (H.)

90 — *Intérieur de parc avec figures et animaux.*

> A droite, des échelles et différents ustensiles de jardinage.
> Sépia.

> Haut., 14 cent.; larg., 17 cent.

FRANÇAIS

91 — *Les Ruines du château de Saint-Cloud, en 1871.*

> Aquarelle gouachée.

> Haut., 37 cent.; larg., 45 cent.

GOYEN (Jan. Van)

92 — *Le Pêcheur à la ligne.*

> Crayon noir.
> Signé et daté 1627.

> Haut., 16 cent.; larg., 25 cent.

GOYEN (J. Van)

93 — *Bords de rivière, avec pêcheurs dans leurs bateaux.*

> Crayon noir.
> Signé du monogramme et daté 1652.

> Haut., 12 cent.; larg., 19 cent.

GOYEN (J. Van)

94 — *Église au bord d'une rivière.*

> Crayon noir et estompe.
> Signé du monogramme et daté.

> Haut., 11 cent.; larg., 20 cent.

GRANET

95 — *La Cour d'un couvent.*

Sépia.

Haut., 12 cent.; larg., 14 cent.

GRAVELOT (HUBERT)

96 — *Visite à un malade.*

Dessin au trait.

Haut, 21 cent.; larg., 14 cent.

GREUZE (J.-B.)

97 — *Bacchanale.*

Important dessin, à l'encre de Chine.

Haut., 42 cent.; larg., 66 cent.

GREUZE (J.-B.)

98 — *La Prière à l'Amour.*

Première pensée du tableau, gravé, par Macret
qui faisait partie de la collection du duc de
Choiseul.

Encre de Chine.

Haut., 40 cent.; larg., 35 cent.

GREUZE (J.-B.)

99 — *Le Retour de l'enfant prodigue.*

Encre de Chine.

Haut., 20 cent.; larg.. 25 cen .

GUARDI (FRANCESCO)

100 — *Personnages dans l'escalier d'un palais vénitien.*

Plume et sépia.

Haut., 25 cent.; larg., 16 cent.

JACQUE (CHARLES)

101 — *Vaches et moutons au bord d'une rivière.*

Crayon noir, rehaussé de blanc.

Haut., 29 cent.: larg., 40 cent.

JACQUE (Cн.)

102 — *Troupeau de moutons, sur la lisière d'un bois.*

Crayon noir, rehaussé de blanc.

Haut., 21 cent.; larg., 35 cent.

JACQUE (Cн.)

103 — *Porcs mangeant dans une auge.*

Crayon noir.

Haut., 19 cent.; larg., 3o cent.

JACQUE (Cн.)

104 — *Étude de porcs.*

Crayon noir, rehaussé de blanc.

Haut., 12 cent., larg., 28 cent.

JACQUE (Cн.)

105 — *Le Poulailler.*

Fusain, rehaussé de blanc.

Haut., 28 cent.; larg.,?38 cen

JOHANNOT (Alfred)

106 — *La Morte.*

Aquarelle.

Haut., 20 cent.; larg., 14 cent.

JORDAENS (Jacques)

107 — *Une Mère, avec ses enfants, semble implorer un vieillard assis sur la gauche.*

Composition de neuf figures.
Très belle aquarelle, provenant de la collection Lagoy.

Haut., 24 cent.; larg., 26 cent.

LAFAGE

108 — *Triomphe de Bacchus.*

Plume et sépia.

Haut., 10 cent.; larg., 40 cent.

LANTARA

109 — *Bords de rivière avec église au sommet d'une colline.*

Effet de clair de lune.
Crayon noir, rehaussé de blanc.

Haut., 36 cent.; larg., 55 cent.

LANTARA

110 — *Paysage Marine.*

Effet d'orage..
Crayon noir, rehaussé de blanc.

Haut., 27 cent.; larg., 33 cent.

LANTARA

111 — *Paysage coupé par une rivière avec moulin sur la gauche.*

Effet de soleil couchant.
Crayon noir, rehaussé de blanc.

Haut., 20 cent.; larg., 25 cent.

LANTARA

112 — *Rivière traversée par un pont ; au second plan, un château avec tourelles.*

Crayon noir, rehaussé de blanc.

Haut., 18 cent.; larg., 26 cent.

LANTARA

113 — *Rochers au bord de la mer.*

Effet de clair de lune.
Crayon noir, rehaussé de blanc.

Haut, 12 cent.; larg., 19 cent.

LANTARA

114 — *Paysage avec ruines (soleil levant).*

Paysage avec chapelle (soleil couchant).

Deux dessins, au crayon noir, dans le même cadre.

Haut., 11 cent.; larg., 15 cent.

LE PRINCE (J. B.)

115 — *Paysans jouant aux boules.*

Sépia.

Haut., 28 cent.; larg., 35 cent.

LE PRINCE (J . B.)

116 — *Bord de rivière.*

Sur le devant plusieurs pêcheurs dans un bateau ; vers le fond, une église et une riche habi-
tation.

A la sépia. Signé et daté 1777.

Haut., 19 cent.; larg., 26 cent.

MICHEL (Georges)

117 — *Les Prés Saint-Gervais. Au verso : le
boulevard de la Villette.*

Aquarelle.

Haut., 18 cent.; larg., 26 cent.

MICHEL (G.)

118 — *Entrée du bois de Romainville.*

Aquarelle.

Haut., 16 cent.; larg., 21 cent.

MICHEL (G.)

119 — *Paysage avec ruines.*

Aquarelle.

Haut., 10 cent.; larg., 17 cent.

MICHEL (G.)

120 — *Vue de Paris.*

.Le quai de la Cité, le pont au Change et le Palais de justice.

Fin dessin, à la mine de plomb.

Haut., 10 cent.; larg , 15 cent.

MICHEL (G.)

121 — *Grande route des environs de Paris.*

Mine de plomb.

Haut , 10 cent.; larg., 15 cent.

MONNIER (Henri)

122 — *Deux dessins.*

Tête d'homme.

Haut., 18 cent.; larg., 14 cent.

Tête de femme.

Haut., 22 cent. ; larg., 16 cent,

Mine de plomb.

MOREAU (Louis)

123 — *Constructions et moulin, au bord d'un cours d'eau.*

Au premier plan, des pêcheurs à la ligne.
Gouache.

Haut., 48 cent.; larg., 78 cent.

MOREAU (Louis)

124 — *Paysage avec rivière.*

Vers le fond, un vieux château avec tourelles au centre d'un village.
Fine gouache.

Haut., 14 cent.; larg., 20 cent.

MOUCHERON

125 — *Parc avec monuments et fontaine.*

Aquarelle.

Haut., 25 cent.; larg., 17 cent.

MOUILLERON

126 — *Cours d'eau, sous bois.*

Crayon noir, rehaussé de blanc.

Haut., 31 cent.; larg., 48 cent.

MOUILLERON

127 — *Bords de rivière.*

Effet de clair de lune.
Fusain, rehaussé de blanc.

Haut., 33 cent.; larg., 27 cent.

MOUILLERON

128 — *Arbres et joncs au bord d'un cours d'eau.*

Fusain, sur papier gris, rehaussé de blanc.

Haut., 27 cent.; larg., 43 cent.

NATOIRE (CHARLES)

129 — *Nymphe couchée.*

Sanguine, rehaussée de blanc.

Haut., 3o cent.; larg., 45 cent.

NATOIRE (CHARLES)

130 — *Bacchante couchée et vue de dos.*

Sanguine, rehaussée de blanc.

Haut., 24 cent.; larg., 3g cent.

NATOIRE (CHARLES)

131 — *Etudes de têtes.*

Six dessins, à la plume, dans le même cadre.

Haut., i3 cent.; larg., 1o cent.

OSTADE (ISAAC VAN)

132 — *Villageois buvant et chantant devant un cabaret.*

Plume et encre de Chine.

Haut., 23 cent.; larg., 17 cent.

OUDRY (J.-B.)

133 — *Chat jouant sur une table.*

Crayon et lavis d'aquarelle.

Haut., 43 cent.; larg., 34 cent.

PILS

134 — *Le Porte-drapeau.*

Aquarelle.

Haut., 37 cent.; larg., 26 cent.

PIPARD (CHARLES)

135 — *Tête de jeune fille arabe.*

Crayon noir.

Haut., 26 cent. ; larg., 23 cent.

PRUD'HON (P. P.)

136 — *Portrait d'homme, en buste, un mouchoir autour de la tête.*

Crayon noir, sur papier gris, rehaussé de blanc.

Haut., 25 cent.; larg., 17 cent.

PRUD'HON (P. P.)

137 — *Figure d'homme debout.*

    Étude académique.
    Crayon noir, rehaussé de blanc, sur papier bleu.

        Haut., 60 cent.; larg., 44 cent.

REMBRANDT

138 — *Paysage avec construction sur une colline.*

    Dessin à la sépia, provenant de la collection Andreossy, n° 399 du catalogue.

        Haut., 14 cent.; larg., 28 cent.

RIGAUD (HYACINTHE)

139 — *Portrait d'un Magistrat.*

    Estompe, rehaussée de blanc.

        Haut., 26 cent.; larg., 20 cent.

RIGAUD (d'après H.)

140 — *Portrait de femme âgée, vêtue de noir.*

Miniature sur vélin, dans un cadre sculpté.

Haut., 10 cent.; larg., 8 cent.

ROBERT-HUBERT

141 — *Fontaine et lavoir, sous les arches d'un pont.*

A gauche, un palais en ruine. Au premier plan, des laveuses.

Très belle aquarelle.

Haut., 31 cent.; larg., 43 cent.

ROBERT-HUBERT

142 — *Jeunes filles et villageois causant.*

Aquarelle. Signée et datée 1795.

Haut., 22 cent.; larg., 31 cent.

ROBERT-HUBERT

143 — *Fontaine, escalier et terrasses.*

Dessin à la sanguine.

Haut., 25 cent.; larg. 35 cent.

RUYSDAEL (Jacques)

144 — *Bord de rivière avec pêcheurs dans leur bateau.*

Pierre d'Italie.

Haut., 15 cent.; larg., 20 cent.

SCHOTEL

145 — *Combat naval.*

Sépia.

Haut., 32 cent.; larg., 48 cent.

TOPFER

146 — *Une Ferme.*

Haut., 40 cent.; larg., 30 cent.

Chemin traversant un bois.

Haut., 18 cent.; larg., 27 cent.

Deux dessins, à la sépia.

TRINQUESSE

147 — *Jeune dame, en élégant costume Louis XV, assise dans un fauteuil.*

Estompe et crayon noir, rehaussés de blanc.

Haut., 34 cent.; larg., 20 cent.

TROYON

148 — *Chemin sous bois.*

Crayon noir, rehaussé de blanc, sur papier gris.
Vente Troyon.

Haut., 49 cent.; larg., 31 cent.

TROYON

149 — *Arbres au bord d'un cours d'eau.*

Crayon noir, rehaussé de blanc.
Vente Troyon.

Haut., 47 cent.; larg., 38 cent.

TROYON

150 — *Le Pont levis.*

Crayon noir.
Vente Troyon.

Haut., 33 cent.; larg., 55 cent.

TROYON

151 — *Etudes d'animaux.*

Trois dessins.
Crayon noir et encre de Chine.

WATTEAU (Antoine)

152 — *Saint Antoine.*

Il est agenouillé, à l'entrée d'une grotte et lisant.
Une croix est plantée devant lui. A droite, un
pourceau couché auprès de quelques plantes.

Très curieux dessin, à la sanguine.

Haut., 29 cent.; larg., 39 cent.

WATTEAU (Atoine)

153 — *Les Comédiens,*

Sanguine.

Haut., 15 cent.; larg., 21 cent.

4

WILLE (P. A.)

154 — *Jeune dame assise ayant une petite paysanne près d'elle.*

Aquarelle. Signée et datée 1789.

Haut., 34 cent.; larg. 25 cent.

ZEEMAN

155 — *Marine avec bateaux à voiles.*

Sépia.

Haut., 13 cent.; larg., 17 cent.

ÉCOLE MODERNE

156 — *Paysage (genre de Diaz.)*
Aquarelle.

Haut., 10 cent.; larg., 15 cent..

DESSINS ET AQUARELLES

EN FEUILLES

BACKHUYSEN (L.)

157 — *Marine avec navires de guerre.*

Deux marines avec bateaux de pêche.

Trois fins petits dessins, à l'encre de Chine. Signés.

BESSON (Faustin)

158 — *Études de figures.*

Deux dessins, au fusain.

DECAMPS.

159 — *Première pensée pour son tableau de la Défaite des Cimbres.*

Fusain et pastel.

DE MARNE (Louis)

160 — *Paysages, figures et animaux.*

Vingt-trois aquarelles et dessins, sur neuf feuilles.

DOORNER

161 — *Paysage avec cavaliers au galop, près d'une chaumière.*

Plume et sépia.

DRIELST (E. van)

162 — *Paysages et chaumières.*

Six dessins, à l'encre de Chine.

FRAGONARD (H.)

163 — *Intérieur de cuisine, en Italie.*

Sépia.

FRAGONARD (H.)

164 — *Intérieurs de parc, paysages et figures.*
Sept dessins.
Sépia et sanguine.

FRAGONARD (H.)

165 — *Figures et paysages.*
Neuf croquis.

GOYEN (Jan van)

166 — *Entrée de village.*

167 — *Bord de rivière.*

168 — *La Plage de Scheveningen.*

169 — *Maisons de villageois.*

170 — *Pêcheurs sur la plage.*

171 — *Paysages et marine.*
Trois dessins, sur le même bristol.

172 — *Marine et cours d'eau.*
Deux dessins, sur le même bristol.

GOYEN (J. VAN)

173 — *Le Château fort et un bord de rivière.*
Deux dessins, sur le même bristol.

174 — *Le Chemin du village.*

175 — *Entrée de village.*

176 — *Entrée d'une forteresse et une marine.*
Deux dessins, sur le même bristol.

177 — *Village au bord d'une rivière.*
Aquarelle.

178 — *Bergers conduisant des bestiaux.*

179 — *Château sur une colline. Le Pont de bois.*
Deux dessins, sur le même bristol.

180 — *Des chaumières.*

181 — *Vue de Hollande. Marchands de poissons sur une plage.*
Deux dessins, sur le même bristol.

182 — *Le Passage du bac.*

GOYEN (J. VAN)

183 — *Bord de rivière. Château avec tourelles et pont-levis. Clochers et constructions
en ruine.*

Trois dessins, sur le même bristol.

184 — *Entrée de village. Le Passage du bac.*
Deux dessins, sur le même bristol.

185 — *Paysage avec cavalier. Charrette et animaux.*

186 — *Les Marchands de poissons.*

187 — *Paysages accidentés et maisons au bord
d'un cours d'eau.*

Trois dessins, sur le même bristol.

188 — *Canal glacé et patineurs.*

189 — *Le Chemin tournant.*

190 — *Monticule boisé et un pâturage.*
Deux dessins, sur le même bristol.

GOYEN (J. VAN)

191 — *Un lavoir.*

Aquarelle.

192 — *Village au bord d'une rivière.*

193 — *Des chaumières.*

194 — *Le Chariot chargé de villageois.*

195 — *Sept dessins attribués à J. Van Goyen.*

Ce numéro sera divisé.

GRANET

196 — *Intérieurs.*

Deux dessins, à la sépia.

GRAVELOT (HUBERT)

197 — *Sujets divers.*

Quatre dessins.

GREUZE (J.-B.)

198 — *Jeune fille en prière.*

Tête de paysanne.

L'Agneau et la brebis, etc.

Quatre dessins.
Ce numéro sera divisé.

GREUZE (J.-B.)

199 — *Études de têtes, figures diverses, etc.*

Quatorze dessins, à la sanguine.
Ce numéro sera divisé.

HOOG

200 — *Des Chaumières.*

Encre de Chine.

HUYSUM (J. VAN)

201 — *Fleurs.*

Trois dessins : deux aquarelles et encre de Chine.

ISABEY (LE PÈRE)

202 — *Portrait de femme.*

Encre de Chine.

LANTARA

(DEUX PENDANTS)

203 — *Paysages.*

Crayon noir, rehaussé de blanc.

LE MOINE

204 — *Femme couchée.*

Crayon noir, rehaussé de blanc.

LE PRINCE (J.-B.)

205 — *Chariot sous une arche en ruine.*

Paysage.

Femme debout.

Tête d'homme.

Quatre dessins.

LOUTERBOURG

206 — *Bergers prenant leur repas.*

Crayon noir, rehaussé de blanc.

MILLET (J.-F.)

207 — *Saint Jérôme.*

Sanguine.

MOLYN (Pierre)

208 — *La Grande route.*

Paysage. Effet de neige.

Deux dessins, sur le même bristol.

209 — *Halte de villageois devant une auberge.*

210 — *Les Bûcherons.*

211 — *Les Lagunes.*

212 — *Le Coup de vent.*

213 — *Site norvégien.*

214 — *Chemin dans les rochers.*

NATOIRE (Ch.)

215 — *Diane et ses nymphes surprises par Actéon.*

Lavis gouaché.

NEER (AART VAN DER)

216 — *Paysage avec rivière et personnages.*

Effet de clair de lune. Encre de Chine, rehaussée de blanc.

PADOUAN (L.)

217 — *Portrait de femme, vue de profil.*

Aux trois crayons.

PRUD'HON (P.-P.)

218 — *La Comédie, figure allégorique.*

Dessin, à la plume, des premiers temps de l'artiste.

REMBRANDT

219 — *Paysage et chaumières.*

Deux dessins. Plume et sépia.

ROBERT (HUBERT)

220 — *Moine faisant une prédication dans un jardin.*

Sanguine.

ROBERT (HUBERT)

221 — *Constructions et Temple en ruine.*

Sanguine.

RUYSDAEL (J.)

222 — *Bords de rivière.*

Deux dessins.

SAFT-LEEVEN

223 — *Marines et paysages.*

Quatre dessins. Sépia et encre de Chine.

SCHOTEL (J.-C.)

224 — *Port de mer.*

Sépia.

TERBURG (attribué à G.)

225 — *Femme assise et lisant.*

Crayon noir rehaussé de blanc.

TIEPOLO (DOMINIQUE)

226 — *Combat de cavaliers.*

Sépia.

VAN LOO (Carle)

227 — *Personnages orientaux.*

Tête de femme.

Etudes de mains.

Quatre dessins.

VELDE (I. Van de)

228 — *Le Chemin du marché.*

Pierre d'Italie.

VELDE (W. Van de)

229 — *Marines et études de bateaux.*

Cinq dessins, sur trois bristols. Plume et sépia.

VERBOOM

230 — *Paysages.*

Deux dessins.

VERSCHURING

231 — *Intérieur de cuisine.*

Chasseurs et chiens.

Deux dessins, à l'encre de Chine.

VINKENBOMS (DAVID)

232 — *Les Pêcheurs à la ligne.*

Très curieux dessin, au lavis, rehaussé de blanc.

VITRINGA

233 — *Marines avec bateaux et personnages.*

Trois dessins, à l'encre de Chine.

WYNANTS (JAN)

234 — *Paysage avec cavalier.*

Encre de Chine.

ÉCOLE HOLLANDAISE

235 — *Une malle, un chapeau et un parapluie vert.*

Très curieuse aquarelle.

ÉCOLE MODERNE

236 — *Jeune dame au parasol.*

Mine de plomb et sépia.

GRAVURES, LITHOGRAPHIES

237 — *La Bergerie de Charles Jacque.*
Épreuve avant la lettre, signée.

238 — *Femme et enfant.*

Gravé par Samuel Cousin, d'après sir Thomas Lawrence.

239 — *La Ronde de nuit, d'après Rembrandt.*

Lithographiée par Mouilleron. Épreuve signée.

OBJETS DIVERS

240 — *Un Bas-relief en albâtre.*

Sujet religieux.

241 — *Tapisserie du seizième siècle.*

Représentant une chasse au cerf, avec bordure formée de personnages grotesques, de fruits, fleurs et ornements.

Haut., 1 m. 70; larg., 3 m. 80.

242 — *Sous ce numéro seront vendus les objets non catalogués.*

www.ingramcontent.com/pod-product-compliance
Lightning Source LLC
LaVergne TN
LVHW050638060726
842527LV00004B/1350